Conserver cette couverture

PLAIDOYER

DE Mᵉ FONTAINE,

POUR

La Quotidienne,

Dans l'Affaire

DES TROUBLES DU 18 OCTOBRE.

1830

PLAIDOYER

DE M^E FONTAINE,

POUR

LA QUOTIDIENNE,

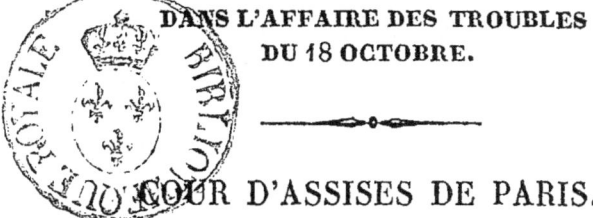

DANS L'AFFAIRE DES TROUBLES
DU 18 OCTOBRE.

COUR D'ASSISES DE PARIS.

23 NOVEMBRE 1830.

PRÉSIDENCE DE M. LÉONCE VINCENT.

Affaire de LA QUOTIDIENNE.—*Accusation d'offense à la personne du roi Louis-Philippe, et d'excitation à la haine de son gouvernement, à l'occasion des troubles de la nuit du* 18 *octobre.*

En rendant compte des troubles qui éclatèrent à Paris dans la nuit du 18 octobre, lorsque des bandes armées et en fureur parcouraient la capitale en por-

1

tant des torches et des armes, et se portèrent sur le Palais-Royal, *la Quotidienne* s'exprimait en ces termes :

« Des rassemblemens très-nombreux se sont formés » ce soir sur divers points. Il y en avait aux boule- » vards, à la place de la Bourse, dans la rue Saint- » Honoré, etc. Mais la foule s'est portée particulière- » ment sur la place du Palais-Royal et dans les rues » adjacentes. Toutes les grilles du Palais et du jardin » ont été fermées. On assurait que le roi Louis-Phi- » lippe et sa famille s'étaient retirés à Neuilly.

» Cette fois le cri dominant était *A bas les ministres!* » Aussi parle-t-on plus que jamais d'un changement » de ministère. La garde nationale a déployé, pour » le maintien de l'ordre, la plus louable activité. »

Le numéro de *la Quotidienne* fut saisi à la poste. Cette saisie fut notifiée à *la Quotidienne* le lendemain, et, dans son numéro du 20, elle inséra la note suivante :

« Nous avons recueilli de nouveaux détails sur ce » qui s'est passé dans la nuit du 19. En même temps » qu'un mouvement populaire se manifestait au Pa- » lais-Royal, une troupe de 7 à 800 hommes se por- » tait sur Vincennes aux cris de *Mort aux ministres!* » A leur approche, la garnison a pris les armes, et le » gouverneur, sortant sur les glacis, a déclaré aux in- » dividus qui formaient la tête de la colonne, que » toute attaque serait repoussée par la force. L'attrou- » pement s'est alors dissipé.

» A dix heures du matin, des groupes nombreux se

» sont formés sur la place et dans la cour du Palais-
» Royal. Le roi Louis-Philippe est sorti en uniforme,
» et a prononcé quelques mots que le bruit n'a permis
» d'entendre que très-imparfaitement ; les uns préten-
» dent qu'aux cris de *Mort aux ministres !* il a ré-
» pondu : *Que les bons citoyens se retirent ; la loi*
» *sera exécutée.* D'autres assurent que Louis-Philippe
» a dit : *Si c'est à moi qu'on en veut, je me retire*
» *à Neuilly.*

» Ce soir, on ne voyait point d'attroupemens ; un
» bataillon de ligne occupait la cour du Palais-Royal ;
» de fortes patrouilles mi‑parties garde nationale et
» troupe de ligne parcouraient les rues adjacentes et
» les boulevards.

» Il est onze heures, et nous n'apprenons point que
» l'ordre ait été troublé sur aucun point. »

Ce numéro fut également saisi et arrêté à la poste.
Une instruction fut faite, et, par suite d'ordonnance
de la chambre du conseil et d'arrêt de la chambre
d'accusation, M. de Brian, rédacteur‑gérant de *la
Quotidienne*, fut renvoyé devant la cour d'assises,
comme prévenu d'offenses envers la personne du Roi,
d'excitation à la haine et au mépris du gouvernement du Roi.

Cette cause a été appelée aujourd'hui, et *la Quotidienne* est venue la première faire un redoutable
essai du jury appliqué aux délits de la presse.

Après le réquisitoire de M. Persil, procureur général, Mc Fontaine se lève pour *la Quotidienne.*

Messieurs, dit-il, le pouvoir de faire quelque chose de rien a été refusé à l'homme. Il faut se résigner à cette triste loi de notre nature. Le talent même ne saurait y déroger. Toutefois celui de M. le Procureur général vient de le tenter.

Deux bruits de ville à peu près insignifians, racontés par un journal au milieu du trouble d'une émeute de nuit, et encore sous la forme d'un simple doute, voilà à quoi se réduit toute la cause. Assurément, depuis qu'il existe des lois sur la presse, on n'a pas vu d'aussi chétive poursuite. Cependant M. le procureur général vient de faire un réquisitoire dans le style le plus sombre. En voyant son indignation enflammée, en entendant ses paroles si âpres et si véhémentes, ses ardentes invocations à votre patriotisme, à ce tableau lugubre de la France perdue si vous aviez le malheur d'absoudre, j'ai cru un moment que j'étais le jouet de quelque illusion, et que je me trompais de cause et de client. Je cherchais sur le banc des accusés quelque affreux Catilina qui eût voulu incendier Rome et renverser les lois, ou au moins l'inventeur de quelque autre machine infernale dirigée contre la vie du prince. Disons-le hautement, Messieurs, tant d'efforts et d'exagérations ne prouvent qu'une chose, c'est que l'accusation a le sentiment de sa faiblesse, qu'elle a senti le besoin de cacher sous des lieux communs patriotiques la pauvreté de ses moyens, et que, n'osant espérer d'obtenir une condamnation de votre justice, elle a essayé de l'enlever à vos émotions. Elle vous a méconnus, Messieurs, en osant espérer de vous un genre de triomphe que le devoir et la conscience réprouvent.

Pourquoi donc dans ce sanctuaire, à la porte duquel toutes les passions doivent mourir, avoir fait retentir le langage des partis? vous n'êtes pas les hommes du pouvoir, vous dédaignez la vaine fumée de l'encens populaire, il n'y a point ici de vainqueurs ni de vaincus; je n'y connais qu'un seul parti dont nous sommes tous, celui de la justice.

Le Ministère public a commencé son réquisitoire par une longue incrimination des doctrines de *la Quotidienne* à toutes les époques; non-seulement il les a recherchées depuis la dernière révolution, ce qui était déjà trop, puisqu'il n'y a que deux numéros en cause, mais encore sous les deux Restaurations, et je crois même aussi sous l'Empire et sous la République. Certes, du temps des procès de tendance, les réquisitoires ne s'étaient jamais donné tant de rétroactivité et une si effrayante latitude. Ne croyez pas, au reste, que je répudie les antécédens de *la Quotidienne;* bien loin de là, ils font sa gloire : car enfin, tout ce que M. le Procureur général est parvenu à démontrer, c'est que ce journal a toujours porté la même couleur politique. Messieurs, c'est là un genre de mérite assez peu commun par le temps où nous vivons : voilà un reproche qui ressemble bien à un éloge. Si donc le Ministère public, au lieu de s'en tenir à une vague incrimination, veut nous faire un procès en règle pour les antécédens de *la Quotidienne,* je consentirai volontiers à le suivre dans la lice; mais en ce moment mon devoir m'en empêche : un abus n'en autorise pas un autre; et plus le Ministère public est sorti des limites de la cause, plus je dois y rentrer. D'ailleurs il ne faut pas songer qu'à soi; au moment où une voie nouvelle s'ouvre pour les procès politiques, il importe de ne pas déroger au droit général des accusés, de ne pas laisser établir un précédent fâcheux, et de réprimer les digressions des réquisitoires dans leur première tentative; je ne réponds donc qu'une chose à cette biographie universelle des opinions de *la Quotidienne,* c'est que nous vivons sous une Constitution qui déclare les opinions libres : *la Quotidienne* a le droit de penser autrement que vous, comme vous avez le droit de penser autrement qu'elle. D'ailleurs, si vous pouvez comme simple citoyen avoir vos prédilections et vos répugnances pour certaines doctrines, magistrat, vous ne devez vous occuper que de leur caractère légal; si elles sont coupables, poursuivez-les; si elles ne le sont pas, de quel droit vous permettez-vous de les flétrir ?

Des doctrines de *la Quotidienne* on a passé aux auteurs, et c'est ainsi que le Ministère public n'a fait grâce à rien, ni à personne. Messieurs, les propriétaires et collaborateurs de *la Quotidienne* ne sont pas de ces écrivains faméliques qui cherchent à échapper à l'indigence par le scandale, ni qui sacrifieraient sans émotion leur patrie à un bon mot : ils ont tous d'honorables positions sociales. Chez d'autres, trop souvent un journal est un métier ou une spéculation;

chez *la Quotidienne*, c'est une mission de conscience et de dévoûment à la patrie. Vous parlez des personnes ; ah ! voici un nom qui défie pourtant les mépris. Qui donc refuserait son estime à M. Michaud, fondateur et toujours inspirateur de *la Quotidienne* ; Michaud, l'un des plus notables caractères de nos temps de révolutions ; Michaud, condamné trois fois à mort, et déporté pour avoir écrit trop courageusement contre l'anarchie ? Tout le monde, sans doute, peut vanter l'indépendance et la bonne foi de ses opinions, même ceux dont elles ont servi l'ambition, et qui sont arrivés par elles aux honneurs et à la fortune : convenons pourtant qu'on a mauvaise grâce à les contester à ceux qui ont souffert persécution pour elles.

Croyez-vous que parmi nos Brutus populaires et nos austères citoyens, qui butinent si bien sur une révolution qu'ils n'ont point faite, il y en ait beaucoup qui montreraient trois arrêts de mort en témoignage de la constance de leur foi politique ? Si nous voulons être justes, ne jugeons donc pas avec des passions et de l'esprit de parti : partout où il y a souffrance, sacrifice pour des opinions et des croyances, une âme généreuse honore et ne méprise pas. Le plus grand grief reproché à *la Quotidienne*, c'est son attitude depuis les fameuses journées. Messieurs, la faute de *la Quotidienne*, c'est de n'avoir pas changé avec la fortune, au milieu de tant d'apostasies dont nous sommes les témoins : elle ne brûle pas aujourd'hui ce qu'elle adorait hier. Attachée par conviction à une forme de gouvernement qu'elle croit la meilleure pour le bonheur de la patrie, depuis la dernière révolution, elle n'a encore rien vu qui pût la désabuser. Au reste, elle ne met pas de superstition dans son amour; il dépend de ceux qui ont le pouvoir de la convertir à leurs doctrines. Qu'ils rendent la France heureuse, qu'ils réalisent cet âge d'or tant promis, et à l'instant même *la Quotidienne* fera abjuration entre leurs mains. Mais si on n'a vu jusqu'ici que la source des impôts tarie, l'industrie languissante, et la hideuse banqueroute déshonorant toutes nos places de commerce, je vous le demande, comment céder à de tels moyens de prosélytisme ?

Oui, *la Quotidienne* est un journal d'opposition, et, au train dont vont les choses, elle le sera encore long-temps; mais son opposition attaque les principes, elle ne se prend pas aux personnes : pourtant le champ serait beau à parcourir. Célébrités de toutes sortes, qui flottez depuis quarante ans au milieu de nos tourmentes politiques, pour vous faire juger, il suffirait d'ouvrir l'histoire. Eh bien ! cette guerre, *la Quotidienne* ne vous l'a pas déclarée, quoiqu'on vienne de l'essayer vainement contre elle. Mais, enfin, de quoi se plaint donc le pouvoir d'aujourd'hui ? n'y a-t-il pas un point sur lequel il doit de la reconnaissance à ce journal ? *la Quotidienne* ne combat-elle pas énergiquement l'anarchie, seul danger véritable qui nous menace aujourd'hui ? Ce n'est pas elle qui tapisse nos carrefours de feuilles incendiaires; ce n'est pas elle qui a prononcé les mots de *loi agraire ;* ce n'est pas elle qui jette chaque jour à la multitude des questions inflammables ; ce n'est pas elle qui convie à la curée toutes les passions populaires, qui dit à l'indigent : Imbécile ! tu meurs de faim ! ne vois-tu pas que ton voisin est riche ? et à l'ambitieux : Tu n'es rien ! as-tu donc oublié que tu peux faire des rois ? Non, non, ce n'est pas *la Quotidienne* qui appelle l'intervention des masses ; elle sait bien qu'au jour de l'anarchie, tous les noms qui lui sont chers seraient inscrits en tête sur la liste des proscriptions !

Mais, enfin, rentrons dans la cause dont les attaques du Ministère public nous ont trop écarté.

Il vous souvient des circonstances graves au milieu desquelles fut imprimé le numéro du 19 octobre.

Tout-à-coup, chez le peuple le plus civilisé de la terre, des bandes d'égorgeurs, grossis d'hommes égarés, ont résolu de se faire une vengeance sauvage et de commettre le plus grand crime social, celui d'anticiper sur les arrêts de la justice ; ils renouvellent les jours les plus funèbres de la révolution : ils vont pour massacrer des accusés dans leur prison. Arrêtés par l'intrépidité du Gouverneur de Vincennes, qui les menace de se faire sauter avec eux, ils rentrent dans la capitale, parcourent nos places et nos rues, et se portent au Palais-Royal, armés de torches et de poignards. En route, ils ont désarmé deux troupes de soldats et voulu enclouer les vingt-quatre pièces d'artillerie du Louvre. Des cris de sang et de mort retentissent partout. C'était pendant l'horreur d'une nuit profonde : la police civile, la police municipale, l'administration militaire, tout dormait de ce sommeil qui perd les empires.

Le trouble est dans le palais de Louis – Philippe; toutes les cours sont envahies; pas de résistance possible : ils étaient six mille. Un journal qui les défend les a comptés et a offert de donner leurs noms. C'est près de là qu'habite *la Quotidienne;* elle est sur le lieu de la scène, à l'endroit où les émotions sont les plus violentes. Dans de tels momens, Messieurs, tous les bruits s'accréditent, se répètent; les conjectures ou les terreurs de chacun deviennent des nouvelles. On mettait sous presse; une personne honorable, M. le comte de Scépeaux, entre dans les bureaux; c'est de lui que viennent tous les détails donnés dans le numéro du 19. D'autres journaux en ont raconté de plus alarmans; voici au surplus l'article.

Ici Me Fontaine donne lecture de l'article incriminé; puis il reprend :

Y perce-t-il la moindre pensée malveillante ? Cette garde nationale, qui rend tant de services, reçoit les plus vifs hommages; et certes elle les méritait bien, car elle seule a sauvé la France. Tout ce récit vous paraît bien innocent, Messieurs; voilà pourtant le crime de *la Quotidienne;* c'est pour cela qu'elle est traduite devant la cour d'assises, c'est pour cela que M. le baron de Brian est menacé d'être jeté dans les prisons et dégradé de ses droits de citoyen. Il faut des temps de révolutions pour expliquer une accusation pareille ! Discutons-la pourtant, puisque nous y sommes condamnés.

Si j'ai bien compris l'espèce de décomposition du Ministère public, il voit trois choses coupables dans ce bruit, que le 18 octobre *Louis-Philippe et sa famille se seraient retirés à Neuilly* : 1° allégation d'un fait faux ; 2° offense au Roi ; 3° excitation à la haine et au mépris du gouvernement. Suivons rapidement ces trois divisions.

D'abord, allégation d'un fait faux. Pour qu'il y ait dans un tort de cette nature un élément de culpabilité, il faut que la proposition suivante soit vraie : Tout fait faux, indépendamment de sa moralité, sera punissable. Eh bien, Messieurs, on ne me montrera pas une loi semblable, même dans le code de la terreur ; et moi je montrerai la Charte, qui proclame le contraire, car elle consacre la liberté des opinions ; or, qui dit liberté, dit choc, lutte, contradiction d'opinions ; or, deux opinions contradictoires ne peuvent pas être vraies en même temps. C'est donc un principe constitutionnel, c'est une maxime de droit public, qu'en France il est permis de se tromper et de dire faux surtout, car on a le droit de parler de tout : ainsi, en morale, en religion, en politique, dans les sciences, dans les arts, dans l'industrie, dans les métiers, l'erreur jouit d'une franchise légale et d'une complète immunité. Nos législateurs humains n'ont pas démenti le législateur céleste, qui a dit que la terre était livrée à la dispute des hommes.

Voilà les principes. Maintenant je demande si ce droit de se tromper, accordé à tous les citoyens, aurait par hasard été refusé aux journaux. Pourquoi donc en seraient-ils privés , lorsque, par la loi même de leur nature, ils sont plus exposés à dire souvent des choses inexactes ?

Messieurs, peu de personnes se font une idée précise de tout ce qu'a de rapide et de merveilleux la création d'un journal. Dans l'espace de quelques heures de nuit, il faut composer douze grandes colonnes de petit-texte, les imprimer, corriger les épreuves, tirer des milliers d'exemplaires, sécher, plier, mettre sous bande , faire les adresses, expédier pour la capitale, pour la province, pour tous les points du globe ; et cela pas un jour seul , mais l'année tout entière. Les lois ne veulent pas l'impossible, elles n'ont pu exiger que les journaux fussent composés avec la rigueur et la vérité des sciences exactes. La rapidité de l'œuvre ne le permettait pas, ni son extrême fécondité. Si vous punissez les journaux pour avoir raconté des choses que l'événement n'aura pas vérifiées, faites plutôt une proclamation dans laquelle vous direz : Il n'y a plus de journaux.

Savez-vous, Messieurs, ce que c'est qu'un abonné ? C'est, la plupart du temps, un citoyen curieux et blasé qui veut que, moyennant une légère rétribution, vous lui fassiez lire chaque matin, au coin de son foyer domestique , ce qu'on délibère dans le conseil des rois, dans les congrès, dans les conclaves, en France, à l'étranger, dans les quatre parties du monde ; et il faut que la lecture l'intéresse ; car si la monotonie des colonnes a le malheur de l'endormir, le réveil est terrible pour le journal coupable d'ennui : malheur à la

récidive si elle arrive plusieurs fois dans un tri-
mestre ! à son expiration l'abonnement ne se renou-
velle plus : pour un journal, Messieurs, l'ennui c'est
la mort. Il doit donc, comme condition de son existence, raconter des nouvelles, beaucoup de nouvelles :
le bureau d'un journal, ce n'est pas le temple de la
vérité, c'est celui de la renommée, qui dit le vrai, qui
débite aussi des bruits hasardés.

Sous le titre, *Paris, Chronique, On dit, Boîte nouvelle*, on raconte dans les feuilles publiques tout ce
qui se dit, tout ce qui se passe; c'est un tableau vi-
vant de la société, il doit tout reproduire, tout réflé-
chir. Un journal qui ne dirait que des choses ou des
événemens lentement vérifiés et après enquêtes, ce
serait comme l'histoire des bons rois, il n'y aurait rien
de plus ennuyeux.

Le besoin de nouvelles est tellement pressant, que,
dans nos salons, la seconde question que s'adressent
deux visiteurs, c'est toujours celle-ci : *Qu'y a-t-il de
nouveau?*... C'est sur ce besoin de raviver sans cesse la
curiosité publique qu'un journal avait, il y a deux ans,
fondé sa spéculation; son titre répondait on ne peut
mieux à son but; il s'appelait le *Journal des Can-
cans*. Je ne vous dirai pas quelles nouvelles absurdes
il a débitées dans tous les genres; eh bien, malgré cela,
jamais journal n'a fourni une existence plus paisible, et
s'il est mort il y a six mois, ce n'est pas dans une prison, c'est dans son bureau, de sa mort naturelle : jamais il n'eut le plus petit démêlé avec M. le Procu-

reur général. Cependant la France gémissait alors sous l'affreux despotisme de la Restauration.

Messieurs, le froid *Moniteur*, le moins passionné de tous les journaux, le journal du pouvoir qui nous poursuit, il pousse la doctrine du droit de se tromper jusqu'au cynisme. Ne se divise-t-il pas en deux parties, *officielle* et *non officielle*, comme qui dirait : colonne où il y a la vérité pure ; colonne où on la trouvera plus ou moins frelatée ?

Au reste, il y a une observation tranchante : on ne doit être punissable qu'en proportion du mal qu'on peut faire. Or, les journaux ne font jamais croire tout ce qu'ils disent ; le bon sens, la raison du lecteur réduit toujours ce qu'ils annoncent à de certaines proportions. On sait bien qu'animés de passions politiques diverses, les journaux sont comme les marchands, qui surfont toujours un peu ; il y a dans leur récit, comme dans les réquisitoires, une exagération convenue ; c'est, si on peut le dire, de la vérité en valeur nominale qu'ils nous donnent. Il n'en peut pas être autrement.

Concluons donc qu'un journal a le droit de se tromper ; que l'allégation d'un fait faux, si ce fait n'a d'ailleurs aucun caractère moral, n'est pas un élément d'accusation ni de délit. Si j'ai plaidé ce principe, n'allez pas croire que *la Quotidienne* ait besoin de l'invoquer. Non, Messieurs : c'était uniquement pour répondre au Ministère public ; car ce qu'elle a dit, la nouvelle qu'elle a rapportée, c'était une vérité. En effet, Messieurs, il faut distin-

guer, dans un bruit, le fait raconté et le bruit en lui-
même : le fait peut être faux, et cependant le bruit
en être vrai. Ainsi, qu'un journal écrive demain qu'on
disait à La Haye, ou à Anvers, que M. de Potter ou
M. Vilain XIV s'est fait nommer roi par le congrès des
Pays-Bas, le fait pourrait être erroné, mais le bruit
pourtant très-réel ; de même ici *la Quotidienne* a dit :
On assure que le Roi s'est retiré à Neuilly ; elle n'a
donc inséré qu'un bruit. Or, ce bruit a couru, vous
connaissez les témoins qui l'attestent ; le journal a
donc dit la vérité.

Passons au second reproche fait au texte incriminé,
l'offense au roi Louis-Philippe.

La loi n'a pas donné de définition de l'offense,
pour savoir ce qu'il faut entendre par ce mot, en général et dans l'espèce particulière de la cause. Con-
sultons l'oracle : j'ouvre le Dictionnaire de l'Acadé-
mie : « OFFENSE, *insulte, mauvais traitement de
fait ou de parole.* »

Vous voyez qu'il y a dans cette définition une cer-
taine idée de gravité, une atteinte assez considérable. On
insulte un homme, on peut aussi insulter une chose :
un pavillon, en lui tirant un boulet ; une frontière, en la
violant ; un rivage, un port étranger, en y abordant sans
autorisation. Tout cela, c'est une offense à la chose.

La dignité de la personne détermine aussi dans
l'appréciation de l'offense ; ainsi, un coup d'éventail
ou de chasse-mouche sur la joue d'un consul, c'est là
une insulte grave ; une guerre s'en allume, et une
belle conquête se fait pour la réparer.

Mais par offense il ne faut pas entendre des choses purement déplaisantes, désagréables. Sous un gouvernement représentatif, on ne doit pas avoir le système nerveux si irritable. Ce n'est pas pour ces gens susceptibles, ombrageux, qu'un commérage désole, que les lois sont faites ; elles protégent l'honneur, mais pas les défauts. S'offenser de tout, ou ne s'offenser de rien, ce n'est pas posséder une qualité, c'est avoir un caractère insociable.

Prenons un exemple dans le droit civil. Il y a dans le Code un article 1112 qui admet la crainte comme cause de rescision des contrats. Mais l'article 1113 s'empresse d'ajouter qu'il s'agit d'une crainte capable de faire *impression sur un homme raisonnable. Virum fortem*, dit le droit romain. Ainsi, vous, gens sans cœur, qui tremblez devant votre ombre, la justice vous renverra avec confusion, si, pour vous soustraire à vos engagemens, vous venez exciper de vos visions et de vos fantômes.

De ces idées générales sur le caractère qu'un fait doit avoir pour servir de base à une action judiciaire, je descends à ce qu'il faut entendre par *offense au Roi ;* il faut comprendre évidemment une atteinte grave au respect dû à la majesté royale : c'est ainsi que la loi et la jurisprudence ont interprété le mot.

Voyez l'article 9 de la loi du 17 mai 1819. Il renvoie à l'article 1er, qui dit : Quiconque par des *discours, cris, menaces,* etc.

Ainsi, un séditieux harangue le peuple, il accuse le prince des misères publiques ; d'autres crieront à son

passage : A bas les ministres! et contesteront ainsi,
avec scandale, la prérogative royale; celui-ci fera un
geste coupable en désignant le souverain, ou bien,
dans des paroles, dans des écrits, il le menacera; alors
il y aura offense : voilà le cas de la loi !

Mais des choses désobligeantes, qui peuvent même
exciter quelque impatience, la loi ne les punit
pas. L'autre jour, des journaux patriotes ont gour-
mandé assez rudement le Roi citoyen pour avoir
donné un concert où l'épée et l'habit à la française
étaient mise de rigueur; ils voyaient là toute une
contre-révolution de Carlistes. Je soupçonne que
Louis - Philippe aura été assez irrité de l'intolé-
rante sévérité des moralistes; cependant il n'y a pas
eu, et il n'y aura pas de saisies des numéros, ni des
auteurs.

Il y a plus, Messieurs, les inconvenances même
contre le prince peuvent être punies d'un blâme moral, légalement elles sont irréprochables; au moins à
ce que disent les arrêts.

Personne, je pense, n'a oublié le procès du *Journal
des Débats*. La Cour motiva ainsi sa décision : « At-
tendu que si Bertin s'est servi d'*expressions incon-
venantes...* cependant, etc., le renvoie de la plainte.»

Le mot *offense*, pris dans le sens légal, emporte avec
lui une idée de gravité quelconque. La loi dit *offense
à la personne du roi*, c'est-à-dire, personnalité contre le roi.

Voilà les principes, rapprochons l'article.

L'offense n'est pas dans les mots; ils sont conve-

2

nables. Est-elle dans le fait allégué que le Roi et sa
famille se seraient retirés à Neuilly? Non. Aller à Neuilly,
c'est chose indifférente en soi. On a pu vouloir chercher simplement du repos contre le bruit; quatre jeu-
nes princesses étaient d'ailleurs malades. Cette version
est, ce me semble, vraisemblable. Où est donc le crime?
Ah! le voici, Messieurs, c'est que le Ministère public
traduit cette phrase : « Le Roi et sa famille se sont
retirés à Neuilly, » par celle-ci : Le Roi et sa famille
ont eu la lâcheté de fuir le danger. Messieurs, ce commentaire empoisonné, ce n'est pas *la Quotidienne*
qui en est l'auteur, c'est le Ministère public, et si cette
phrase doit conduire quelqu'un aux assises, ce n'est
pas nous. Se jeter dans de telles interprétations, c'est
offenser la morale autant que la justice, c'est accuser
à la manière de Laubardemont. La version que M. le
Procureur général prête à *la Quotidienne* n'est pas
même supportable; car Neuilly n'est pas une citadelle
ni une forteresse ; il n'a ni garnison ni défense; c'est
un château ouvert : ce n'est pas là que la peur et l'é-
pouvante vont chercher un asile. Quoi donc de plus
facile aux bandes du 18 octobre d'aller chercher à
Neuilly le roi Louis-Philippe, si elles l'avaient voulu?
L'imputation faite à *la Quotidienne* est donc ab-
surde.

Mais je vais plus loin : se retirer devant le danger,
non-seulement ce n'est pas toujours une lâcheté, mais
c'est aussi souvent une action honorable. Est-ce que
la retraite des Dix mille a flétri un grand général athé-
nien? est-ce que celle de Mariendal n'a pas ajouté à la

gloire de Turenne? et Moreau ne doit-il pas sa plus
grande célébrité à celle du Rhin? Le jugement à porter
sur une retraite opérée devant un péril quelconque
dépend donc de l'appréciation des circonstances. Là
où il y aurait défense trop inégale, non-seulement
c'est un droit de se retirer, mais encore c'est un devoir.

Voyons donc les faits.

M⁶ Fontaine les résume rapidement, puis il s'é-
crie : Voilà le danger! la résistance, vous le savez, il
n'y en avait pas de possible. Eh bien! que faire?
Faut-il qu'un prince tende sa poitrine à de vils poignards? dérogera-t-il à sa dignité s'il se souvient
qu'il est époux, père de huit princes ou princesses,
et s'il cherche à se soustraire un moment à l'invasion
d'hommes capables des derniers excès? car, enfin,
quoi donc arrêterait ceux qui veulent tuer des accusés dans l'asile sacré de la loi?

Ah! sans doute il est beau de mourir sur sa chaise
curule, mais il vaut mieux se conserver pour chasser
les Gaulois. Quels étaient donc ces sénateurs qui,
pour attendre l'ennemi, se tenaient sous le vestibule
de leurs maisons, un bâton d'ivoire à la main? c'é-
taient les vieillards de Rome. Désormais inutiles à la
patrie, ils ne pouvaient plus la servir qu'en lui lais-
sant l'exemple d'une mort sublime. Mais Camille était
retiré à Véies, et Manlius s'était réfugié au Capitole.
Ces deux Romains étaient-ils donc aussi des lâches?
Messieurs, un prince quelconque, si ce n'est pas un
tyran, doit croire, lui du moins, que l'ordre public

2.

est intéressé à son existence, et que sa mort sera le signal de grands bouleversemens. A la tête d'une armée, il est coupable de fuir; il ne l'est pas de se dérober à des assassins quand il est seul et sans défense. N'est-ce pas aussi servir noblement la société que d'épargner un grand crime?

Non, non, dit M. le Procureur général, les événemens du 18 octobre n'étaient pas graves, c'est vous qui les avez grossis, et c'est parce qu'ils n'étaient pas graves qu'il eût été lâche au prince de s'en éloigner.

Messieurs, que deux mois après le péril on se sente devant lui un flegme germanique, c'est là un genre de courage qu'il n'est pas rare de rencontrer, même parmi ceux qui furent d'abord les plus épouvantés; mais enfin cette intrépidité posthume ne doit pourtant pas aller jusqu'à nier les faits.

Lisez tous les journaux, et repassez leurs effrayantes histoires écrites au milieu du feu des événemens.

Voyez *le Temps*, qui vous dit : « Nous voudrions » cacher à l'Europe et à la postérité les scènes d'hor- » reurs dont nous avons été les témoins. »

Et dans le numéro même de ce matin, il appelle l'armement actuel de la Russie le *contre-coup du* 18 *octobre.*

Voyez le *Journal des Débats*, de quelles couleurs il peint *les bandes d'égorgeurs, et le courage de la garde nationale sauvant la patrie !*

Voyez *le National*, avec quelle indignation mêlée d'effroi il raconte l'émeute ! Voyez le *Moniteur*, lui-même il nous peint le palais envahi, les cours encombrées, les vociférations, les poignards et des placards atroces contre Louis-Philippe.

Il n'y avait pas de danger! ce n'était qu'une insurrection burlesque et ridicule! Cela est possible ; mais enfin vous ne l'avez pas crue telle. Prenez garde! vous allez appeler ici une singulière opinion sur vous.

Il n'y avait pas de danger! Pourquoi, dites-moi, cet épisode du 19 au matin, ce prince qui descend les degrés de son palais, tenant la main du prince royal, le général en chef des gardes nationales à sa droite, et le maréchal ministre de la guerre à sa gauche? Pourquoi une harangue à la garde citoyenne, une autre aux soldats de la ligne, une troisième aux citoyens, s'il ne s'agit que d'un petit tapage nocturne?

Il n'y avait pas de danger! Pourquoi donc ce réveil à domicile de tous les gardes nationaux, même ceux qui habitent les quartiers les plus éloignés du palais ?

Il n'y avait pas de danger! Pourquoi donc cette proclamation du préfet de la ville, où il dit que *les circonstances sont graves ?* Pourquoi le préfet de police affiche-t-il aussi de son côté ? Pourquoi *le Courrier* nous donne-t-il, dans un style épique et sur le ton d'un bulletin de la grande armée, l'expédition du colonel Marmier ?

Il n'y avait pas de danger! Pourquoi donc tant de joie d'être échappé ? Pourquoi tout ce faste de reconnaissance, ces lettres de l'autorité municipale au général Lafayette, ces ordres du jour de remercîment

à la garde nationale, *et ces fusils d'honneur deman-
dés pour les citoyens qui ont sauvé la France le 18
octobre ?*

Oui, il y a eu effroi, il y a eu trouble dans le palais,
il y a eu angoisse.

Lisez le numéro de la *Gazette des Tribunaux* du
21 ; il parle de *la défaillance* et de *l'évanouisse-
ment de la Reine.*

Dans de telle circonstances, la retraite à Neuilly
était légitimée ; le bruit qui s'en est répandu était
vraisemblable, et la dignité du prince ne peut pas
en recevoir d'offense.

Pour finir, je vous place dans un dilemme sans issue.

Ou le danger était grave, et alors pourquoi me
punir de l'avoir représenté comme tel avec mille autres ? ou il n'était pas grave, et alors c'est vous qui
vous déshonorez par tant d'émoi et d'épouvante.

Je vais encore plus loin : je soutiens que, même
en l'absence d'un péril réel, il y a des démarches
qu'un prince doit faire, et d'autres qu'il peut s'épargner, sans s'avilir.

Lord Wellington et le roi d'Angleterre ne sont
pas allés dîner, il y a trois semaines, à Guild-Hall.

Ils ont reculé devant le projet de charivari de
M. Hunt, le marchand de cirage.

Ainsi, le devoir de sa conservation, celui de sa dignité, accuserait un roi qui s'exposerait gratuitement
à des dangers, ou même à de simples outrages : roi
avili, roi détrôné.

Que reste-t-il donc pour ressource à l'accusation

dans la phrase de *la Quotidienne?* rien que son commentaire venimeux et sa perfide interprétation.

Messieurs, la question, ce supplice atroce qui surprenait à la douleur des crimes que le malheureux n'avait pas commis, n'était pas plus barbare ni plus odieuse que cette torture qu'on fait souffrir à un texte innocent, pour lui arracher par violence une pensée coupable qu'il ne contient pas, et jeter dans les prisons son auteur.

Oui, introduire un sens criminel dans des phrases irréprochables, cela ressemble trop aussi au procédé de ces polices immorales qui font cacher des pièces ou des objets coupables dans le domicile des gens qu'elles veulent perdre.

Écoutez, Messieurs, avec quelle indignation vertueuse une voix puissante foudroyait, il y a quelques années, dans un procès fameux, l'abus des accusations par voie de commentaire : il s'agissait d'une lettre équivoque opposée à un accusé.

« Ah ! nobles Pairs, s'écriait l'orateur, trop long-
» temps les gens de bien ont gémi de ce système
» d'interprétation, qui pouvait prouver que les offi-
» ciers du ministère public avaient beaucoup d'esprit,
» beaucoup de sagacité, mais qui jetait l'alarme dans
» la société. Laissons à ces tribunaux d'horrible mé-
» moire, à ces tribunaux que l'histoire contemporaine
» a déjà flétris, l'épouvantable privilége de condam-
» ner sur des interprétations. Mieux vaudrait qu'un
» coupable échappât à la vengeance des lois, que de
» donner un semblable exemple.

» Par cela seul qu'il y a mystère, il y a doute. Et
» quand il y a doute, c'est en faveur de l'accusé qu'il
» faut l'interpréter. »

Messieurs, ces belles paroles, qui les a prononcées?
M. le Procureur général, plaidant pour l'accusé Mou-
chy dans une célèbre conspiration. J'en appelle donc
du Ministère public d'aujourd'hui au Défenseur de
1820.

Il reste bien encore, dans le numéro du 19 octobre,
le délit d'excitation à la haine et au mépris du gouvernement; mais, pour abréger, je renvoie à discuter
cette accusation avec une autre toute semblable, re-
prochée à la seconde feuille incriminée. Je passe de
suite au numéro du 20 octobre. Nouveau délit d'offense au Roi. Vous vous souvenez qu'il s'agit du discours prononcé par Louis-Philippe, le matin du lendemain de l'émeute; voici comment *la Quotidienne*
le raconte :

Les uns assuraient que le Roi avait dit : Les lois
seront exécutées ; que les bons citoyens se retirent.
Les autres : Si c'est à moi qu'on en veut, je me re-
tire à Neuilly.

D'abord il faut faire ici la même observation géné-
rale que sur le précédent grief; c'est *un bruit*, c'est
un *on dit*, c'est une nouvelle, c'est un récit qui a été
fait au journal, et qu'il raconte comme il l'a reçu; il
n'y fait aucun commentaire, aucune interprétation ;
son scrupule même va si loin, qu'il avertit la défiance
et prévient la crédulité de se mettre en garde par la
double version qu'il donne comme ayant circulé dans

les groupes. Jamais peut-être une feuille publique n'a montré une plus évidente bonne foi ; si elle a été trompée, du moins est-il bien évident qu'elle n'a voulu tromper personne.

Mais, objecte-t-on, pourquoi ne reproduit-elle pas le texte précis du discours de Louis-Philippe ? Pourquoi ? Demandez-le aux événemens : la place du Palais-Royal était dans toute la rumeur des événemens de la nuit, une foule immense la couvrait ; comment *la Quotidienne* aurait-elle deviné qu'il y aurait ce matin-là une harangue de Louis-Philippe, pour y envoyer à l'avance son sténographe ? Qu'est-il arrivé ? le prince descend tout-à-coup dans la cour d'honneur ; là, au milieu de l'état-major qui se presse autour de lui, il prononce une allocution d'une voix ferme, peut-être, mais enfin pas extrêmement élevée. Quelques oreilles privilégiées du cortége l'ont recueillie, la multitude qui encombrait la place n'a rien entendu ; mais elle apprend que le Roi a parlé, chacun alors de s'enquérir qu'a-t-il dit ? Des versions diverses circulent : quoi de plus ordinaire, quoi de plus naturel ? N'est-il pas possible que la mémoire infidèle d'un garde national ait transmis inexactement les paroles à un soldat de la ligne, qui les estropie à son tour en les racontant à un simple citoyen, lequel les altéra encore plus en les transmettant à ses voisins ? Messieurs, quand la foule s'empare d'un bruit, Dieu sait quelles mutilations elle lui fait subir ! Au milieu de cette incertitude, quel est le devoir d'un journal consciencieux ? de ne rien affirmer, de rapporter sous la forme du

.doute; c'est précisément ce qu'a fait *la Quotidienne*. Tous les autres journaux, excepté vous seul, dit M. le Procureur général, ont reproduit le même texte; ne voyez-vous pas que cette uniformité d'un côté, et votre différence isolée de l'autre, vous accusent et vous condamnent? Je réponds que c'est tout le contraire, et que la remarque de M. le Procureur général est la plus grande justification de *la Quotidienne*. Ceci tient à quelques explications qu'il faut donner.

Messieurs, vous vous figurez sans doute la Vérité comme une de ces reines populaires, sans fierté, sans acception de personnes, qui doit parler à tout le monde; car tout le monde a besoin d'elle; eh bien! il faut que vous sachiez que nos ministres l'entendent autrement; ils en font je ne sais quelle princesse altière, entichée de priviléges, qui a sa cour, ses gens présentés, admis, des courtisans enfin. Ses confidences sont des faveurs; ainsi, sur tous les événemens graves, *le Moniteur*, cet organe de la vérité ministérielle, compose le soir une note qu'il envoie à tous les journaux pensant bien, c'est-à-dire partisans de la dernière révolution; en sorte que ces journaux peuvent donner le lendemain matin la nouvelle à leurs abonnés, aussitôt et aussi bien que *le Moniteur* lui-même; mais *la Quotidienne*, disgraciée du nouveau règne, qui ne brûle pas d'encens sur l'autel du pouvoir, *la Quotidienne* ne reçoit ni les communications, ni les épanchemens du *Moniteur;* cependant, il faut qu'elle compose aussi vite que lui et tous les autres journaux, qu'elle parle comme eux sur tous les événe-

mens du jour. En fait, le 20 octobre, tous les journaux reçurent une version officielle de la harangue
de Louis-Philippe, *la Quotidienne* fut privée de cette
faveur : de là cette uniformité dans leurs feuilles ; de
là cette différence dans la sienne.

Ne serait-il pas d'une souveraine injustice de punir
la Quotidienne pour un malheur commun à tous les
journaux d'opposition ? A qui est le tort ici ? Aux ministres seuls, qui ont fait du discours de Louis-Philippe une affaire de coterie. Pourquoi la vérité ne
luit-elle pas pour tout le monde ?

Mais voyons enfin ce texte qu'on appelle une nouvelle offense au prince.

« Les uns assurent que Louis-Philippe a dit : Que les
» bons citoyens se retirent, les lois seront exécutées ;
» les autres : Si c'est à moi qu'on en veut, je me retire
» à Neuilly. »

Croiriez-vous que tout ici est accusé par le Ministère public, et la première version du discours, et la
seconde. Pas un seul mot n'est épargné ! Ainsi, selon le
Ministère public, avoir fait dire au prince : *Les lois
seront exécutées,* c'est un délit d'offense. Mais à quel
vertige était donc livrée l'accusation, au moment où
elle incriminait cette phrase ? Si cette pensée est coupable, le contraire apparemment serait innocent ou
même louable ; ainsi, Messieurs, M. de Brian ne serait
pas ici, s'il avait mis dans la bouche de Louis-Philippe ces étranges paroles : *Les lois ne seront pas
exécutées !* Mais qu'est-ce donc que Louis-Philippe ?
c'est, d'après la Constitution qu'on nous a faite, le

pouvoir exécutif en France ; or qu'est-ce, je vous prie, que le pouvoir exécutif, si ce n'est le pouvoir chargé de faire exécuter les lois? L'accusation est donc, sur la première version du discours, aussi incompréhensible qu'elle est injuste.

Passons à la seconde : *Si c'est à moi qu'on en veut, je me retire à Neuilly.*

J'avoue d'abord que ces expressions : *Si c'est à moi qu'on en veut*, ne sont peut-être pas tout-à-fait assez nobles ; que le rédacteur aurait mieux fait, par exemple, de faire tenir au prince un langage aussi relevé que celui du héros d'une tragédie récente, qui s'exprime, je crois, à peu près ainsi :

> Du suprême pouvoir plus accablé que vous,
> Je dépose ce joug, qui nous fatiguait tous ;

mais à part l'expression, que d'ailleurs le Ministère public n'a pas blâmée, examinons la chose en elle-même : on accuse *la Quotidienne* d'avoir placé Louis-Philippe dans une attitude *dégradante* et *honteuse*, en racontant un bruit qui semblait, dit-on, supposer le dessein d'abdiquer.

Messieurs, d'abord *la Quotidienne* n'a rien supposé ; elle a rapporté une nouvelle qu'elle devait croire exacte, et un discours qui n'était pas sans vraisemblance, et sans convenance peut-être, dans la position où Louis-Philippe était placé.

Mais enfin j'accepte votre interprétation.

Ce discours, mis dans la bouche du Roi, annonce l'intention d'abdiquer. Bien, j'y consens, quoique je

pusse faire remarquer que, dans de telles choses, entre les paroles et le fait il y a une grande distance :
on y regarde à deux fois avant de descendre d'un
trône.

Je raisonne donc dans votre hypothèse, et je dis :
Ou la pensée d'abdication du prince aurait été feinte,
ou elle aurait été sérieuse.

Feinte, ce pouvait être un bon calcul politique pour
raffermir son pouvoir ébranlé par une émeute : Auguste
ne sortait-il pas plus puissant du Forum quand, tous
les dix ans, il venait offrir de résigner la puissance
tribucienne ? Son successeur jouait aussi avec succès à
ce jeu politique.

Eh bien, supposons que Louis-Philippe eût tenu
le discours rapporté par *la Quotidienne :* de qui était-
il entouré ? de son état-major, des soldats des postes
placés dans la cour du château, enfin du maréchal
Gérard et du général La Fayette, qui l'avait appelé
la meilleure des républiques; c'est-à-dire que le prince
parlait à des gens dévoués qui lui eussent répondu par
des acclamations.

Je vois donc, si l'on veut, dans une telle démar-
che, de l'habileté, de la politique; mais de la honte
et de l'offense, je n'en puis apercevoir.

Voulez-vous prendre maintenant la seconde hypothèse, celle d'un dessein sérieux d'abdication ?
Qu'y aurait-il encore là de dégradant ? Si feindre
d'abdiquer, c'est être un grand politique, abdiquer
réellement, c'est être un grand homme.

Messieurs, résigner la puissance suprême, c'est le

dernier effort de la magnanimité humaine, parce que
l'amour du pouvoir est la plus grande de toutes les
passions. Il faut qu'il en coûte bien pour accomplir un
pareil acte, car on ne le voit qu'à de rares intervalles
dans les annales des siècles, et quand il se rencon-
tre, les historiens et les peuples tombent en admi-
ration devant lui.

Sylla ne serait pour nous qu'un monstre altéré
de sang s'il fût mort au pouvoir ; mais il abdique,
et cette seule action suspend l'indignation de l'histoire, sert de contre-poids à l'épouvantable renommée de ses crimes. Dioclétien, que serait-il s'il
n'avait pas cultivé ses laitues à Solonne ? rien qu'un
cruel persécuteur de notre religion ; et Charles-Quint,
s'il eût fini sur le trône, n'aurait laissé que le renom
d'un politique sans foi. Enfin, sans son abdication,
on ne connaîtrait peut-être Christine de Suède que
dans les généalogies royales.

Ainsi, c'est pour avoir supposé à Louis-Philippe
des sentimens et des pensées qui ont fait les héros et
les grands hommes, qu'on nous poursuit.

Certes, il faut que l'amour de la vérité et du naturel simple vous possède à un bien haut degré pour
avoir imaginé un pareil procès. Si vous êtes con-
séquens avec vous-mêmes, il vous faudra décerner
des couronnes civiques à ceux qui diraient que
Louis-Philippe n'a que des sentimens communs et
vulgaires.

En résumé, dans le numéro du 20 octobre comme
dans celui du 19, l'expression, le sens visible et réel,

aussi bien que le sens imaginaire et supposé, tout est innocent, il n'y a pas d'offense au Roi.

Il ne reste plus, pour finir, qu'à parler d'un dernier délit également reproché aux deux articles, celui d'excitation à la haine et au mépris du gouvernement. Je dirai peu de choses sur ce point, je pourrais même me taire tout-à-fait sans danger.

Une fin de non-recevoir insurmontable repousse ici l'accusation. En effet, Messieurs, c'est chose désormais jugée par la jurisprudence des Cours souveraines et de la Cour de cassation, que par le mot *gouvernement*, employé par la loi du 25 mars 1822, il faut entendre le ministère. Or, Messieurs, le ministère qui a cru trouver du mépris et de la haine pour lui dans les numéros incriminés, ce ministère est tombé il y a quinze jours : les morts sont sans action, dans notre droit, pour se venger de faits diffamatoires. Ce n'est pas tout, les ministres qui n'existent plus n'ont pas laissé d'héritiers ni de continuateurs ; ceux qui ont le pouvoir répudient leur succession. Au nom de qui donc et dans quel intérêt nous attaque-t-on ? les ministres du 18 octobre sont aujourd'hui des morts politiques ; ainsi je n'ai plus pour adversaires que des ombres et des fantômes.

Toutefois je ne refuse pas la discussion, parce que je n'ai rien à désavouer ; et je ne crains pas l'accusation sur ce nouveau grief. Qu'elle m'apprenne comment, dans les numéros du 18 et du 19 octobre, j'ai pu exciter à la haine et au mépris du ministère, qui n'y est pas même nommé une seule fois : on n'y parle que

du Roi. Est-ce que par hasard les ministres pense-
raient que le Roi c'est eux? cela est peut-être vrai,
mais enfin ce sont des choses qu'on ne dit pas à une
audience.

Si *la Quotidienne* est coupable de mépris envers
ces ministres, ce ne peut être que du silence du
mépris, puisqu'elle n'a pas parlé d'eux; je sais bien
que c'est là la première vengeance pour les âmes fières,
mais la loi ne la réprime pas, parce qu'elle ne peut
l'atteindre. Messieurs, si nous avons dit que le Roi
s'était retiré à Neuilly, nous n'avons pas même
donné à entendre que les ministres se fussent retirés
de leurs hôtels, ni qu'ils eussent eu la pensée d'abdiquer. On sait bien que des ministres n'abdiquent pas,
que pour eux démission veut dire destitution, et que
leur amour pour la retraite ne les prend juste qu'au
moment où il leur devient impossible de rester en
place. Ainsi donc pas d'injures aux ministres.

Mais enfin, puisqu'ils ont eu l'imprudence de nous
accuser à propos de l'émeute du 18 octobre, il faut
qu'ils subissent notre réponse. Eh bien, oui, ces ministres, ils sont dignes de blâme et de haine pour leur
conduite dans cette nuit funeste; oui, ils ont oublié
tous leurs devoirs. Leur sommeil et leur inaction
étaient coupables, lorsque le palais de leur Roi était
envahi; leur imprévoyance fut un crime, lorsqu'ils
laissèrent ameuter autour du prince six mille sauva-
ges, la honte de la civilisation. Quoi! ils n'avaient
pas su appeler un régiment, une légion, et c'est à
domicile que la garde nationale a été réveillée! les

citoyens se sont appelés réciproquement à la défense des rois, ils ont eux-mêmes improvisé une force armée, des chefs, l'ordre public, et, comme l'a dit naguère un orateur à la Chambre des députés (1), c'est malheureusement illégalement que le 18 octobre la garde nationale a sauvé la patrie.

Ah! vous qui nous montrez tant de susceptibilité pour notre silence sur votre conduite, relisez donc les anathêmes dont le *Journal des Débats* du 21 octobre et des jours suivans vous a frappés; c'est là où la haine et le mépris sont énergiquement soulevés contre vous.

Voilà tout ce procès, Messieurs, vous le connaissez maintenant. Combien il avait donc raison, Montesquieu, quand il appelait l'accusation de lèse-majesté le crime de tous ceux qu'on soupçonne être les ennemis de César, le crime de ceux qui n'en ont commis aucun!

Pour retrouver quelque chose qui ressemble à cette poursuite, il faut remonter bien haut dans l'histoire, et jusqu'au règne du plus détesté des empereurs, où une dame romaine fut punie, non pas tout-à-fait pour avoir dit que Tibère avait été passer la nuit à Caprée, mais pour s'être déshabillée devant sa statue. C'était à la vérité un délateur qui l'accusait; or, il n'y a ici ni délateur, ni Tibère, ni surtout le vil sénat romain.

Je disais en commençant que cette cause était petite, je me trompais; nous assistons à une grande so-

---

(1) M. Dupin aîné.

3

lennité. Aujourd'hui le pouvoir fait son manifeste, il nous apprend ce qu'il entend par liberté de la presse; vous lui répondrez que ce mot là n'est pas synonyme de servitude. Messieurs les jurés, autrefois, quand les rois montaient sur le trône, ils délivraient des coupables; vous, pour votre droit de joyeux avénement, vous ne condamnerez pas un écrivain irréprochable. Ah! j'ai lu dans son cœur, et, quoi qu'en dise le Ministère public, j'y ai vu brûler la flamme sacrée de l'amour de la patrie.

PARIS, IMPRIMERIE DE DECOURCHANT,
Rue d'Erfurth, n° 1, près de l'Abbaye.